KB181217

삶의 고비마다 악센트 한둘쯤

시 창작 노트

삶의 고비마다 악센트 한둘쯤

김장동 시집

새미

삶의 악센트

문득 고사성어가 떠오른다. 『맹자』에 나오는 '시우지화'란 문구가 바로 그것이다.

시우지화時雨之化란 봄비가 제때 내려야 초목이 때를 놓치지 않고 움을 틔워 새순을 피울 수 있다는 의미가 아닐까.

사람의 삶도 마찬가지일 것이다. 삶의 고비마다 이를 타개할 수 있는 악센트 한둘쯤 있지 않았을까. 삶의 차이는 이 악센트가 있고 없는 데 따라서 달라질 수 있기 때문이다.

내게도 이런 악센트가 있었을까?

있었다면 어떤 것일까? 그것은 분명 글을 쓰고 시를 짓는 삶일 것이다.

시는 영혼을 요동케 하는 시어, 오랜 침묵으로 캐낸 시어로 지어야 한다. 그런 시어는 가을 햇살을 받아 영롱히 빛나는 아침이슬과도 같기 때문이다.

그렇다면 침묵으로 캐낸 시어란 무엇인가?

시를 창작하기 위해 두고두고 생각한 시어 탐색의 오랜 인고의 시간을 생각할 수 있다.

시는 경이일 수도, 발견일 수도 있으며 부끄러움의 떨림일 수도 있으니까.

2024, 조준에

목 차

3. 산행하며 공으로 주워 담은 시   77

1.

삶의 고비마다 악센트 한둘쯤

시의 영원한 본향

시의 영원한 본향本鄕은 어머니일 것이 분명하다.

시집살이 너무너무 힘들게 하신 어머니, 너희들 아니었다면 밤중에 도망을 쳐도 수십 번은 쳤다고 한 맺힌 말씀을 하시는 어머니를 이해하지 못하고 마음 아픈 일만 골라 했으니 그런 불효는 세상에 없을 것이다.

열여섯에 시집와 눈물로 시집살이했다고 하셨다. 층층시하라고 하더라도 그런 시집살이는 세상에 없었다.

시할머니는 살 세고 거센데다 조금이라도 눈에 거슬리면 머리채를 쥐고 흔들었으니.

그런 북새통에서 시집살이한 어머니였다.

그렇다고 해서 고된 시집살이를 남편이라고 알아줄 리 없었다. 오히려 고부간에 말다툼만 났다고 하면, 마누라의 머리채를 잡고 팽개쳤다.

그때부터 어머니의 속병은 중증으로 굳어졌다. 안으로 골병만 든 시집살이를 하신 어머니…

원로시인

겨울이 혹독하면 할수록
아궁이 온기가
더더욱 그리워지는 계절.

자식들 외지로 떠나보내고
홀로 고향을 지키시는
엄마를 생각하면
가슴이 뭉클하며
눈시울을 촉촉이 젖게 하니
엄마는 감동을
낳아주는 원로시인이시리.

천년바위

새기라면 새길 수 있는 것은
뺄 것도, 보탤 것도 없는
어머니의 가 없는 가르침.

가 없고 끝 없는 가르침을
가슴에 옮겨 심다가
남모를 산그늘의 사모만은*
이 아들은 일생을 두고
마음속 깊이 키우겠습니다.

---

* 사모思母

가로세로 세월이 있는 것은
덜 것도, 더할 것도 없는
어머니의 끝 없는 그리움.

한 없고 끝 없는 그리움을
어르고 달래다 못해
가슴에 못다 채운 사랑만은
이 아들은 평생을 두고
천년바위에 새기겠습니다.

** 가곡으로 작곡할 수 있게끔 글자 수를 고려해서 1, 2연으로 배열했음.

청보리밭

벼 베고 괭이로 골을 타 보리 뿌리고
흙을 덮어 고무래로 잘게 부쉈다.

5월 하루 이른 아침 이삭 내민
청보리밭으로 나가 깜부기를 뽑았다.

익지도 않은 청보리를 잘라
쪄서 말려서는
찧지도 않은 채 맷돌에 갈아
쑥 넣고 묽은 죽 쑤어
배고픔 달래주던
엄마 사랑의 절정이라도 된다는 듯이
청보리잎에 맺힌 이슬이
햇볕을 받아 눈부시게 빛나고 있었다.

눈물뿐

여든 지난 나이에도 세상을 살다 보면
어느 한 순간
울컥하고 치받치는 그리움이 있다면
그게 어머니 생각 아니겠어.

자식들 걱정할까 아프셔도 숨기시고
진자리며 마른자리 뒷바라지하며
자식 잘되기를 빌고 빈 데다
하늘 같은 사랑도
부족하다고 여기시어
몸이 닳도록 희생하신 고달프고 힘든 세월
어떻게 보내셨는지
생각할수록 흐르는 것은 눈물뿐이니…

어머니

인류의 멍에에 매이어
홀로 앉다가 서다가 끓는 속 무던히 태우고
태우다 못해 씻어버려도
섧은 정 붙일 데
없어 무지개 허리를 감은 노을 같은 무게로
한평생 사셨던 어머니.

봄여름 지나 이 가을에
이슬 함빡 머금은 국화꽃처럼 외롭고 괴로운
밤마다 주고 줬는데도
준 것이 없다고
오월의 화사한 햇살 안고 아스라한 은빛길을
고이도 달리신 어머니.

닭이 새벽을 향해 홰를
치듯 여인의 지고한 생애가 수많은 긴긴 밤을
하얗게 사위고 사위어
아들의 가슴에
샛별과 같은 구원한 꿈과 희망을 심어주시고
생을 마감하신 어머니.

---

* 가곡으로 작곡할 수 있게끔 글자 수를 고려해서 1, 2, 3연으로 배열했음

상추쌈

상추쌈으로 초승달을 싸서는
초저녁잠이 없는
증조할머니께 드리고,

상추쌈으로 그믐달을 싸서는
새벽잠이 없는
할아버지께 드리고,

상추쌈으로 보름달을 싸서는
초저녁부터 새벽까지
잠 좀 푹 주무시게
시집살이 고달픈 어머니께 드리리.

시심의 옹달샘 고향

시심의 원천은 태어나고 자란 고향이 아닐까 싶다, 태어나서 유년 시절을 보낸 내 고향은 산세가 빼어난 기양산 (704.7m) 줄기의 서쪽 끝자락에 자리잡은 아담한 마을, 앞은 서산(511.2m)을 마주하고 있다.

바로 앞에는 경지가 잘된 죽바위들이 있는 데다 교통도 편리해서 3번 국도와 경북선이 마을 앞들을 가로지르는 경북 상주시 공성면 다부동多富洞이다.

마을 남쪽으로는 무실과 구룡마가, 서쪽 저 멀리는 불당골이 있으며 북쪽으로는 청리면 화초와 아래로는 가천이, 동쪽에는 산 너머 마공이 있으며 그 앞에는 상주농공단지가 들어섰다.

그런 고향을 초등학교를 졸업하고 서울로 유학을 간 뒤로부터 뻔질나게 드나들기 육십몇 해, 맏형 밑에서 학교를 다녔는데도 어머니가 보고 싶어 방학 다음 날로 고향으로 달려갔으니…

그랬던 고향길이었는데 지금은 나고 자랐던 집은 헐리고 집터는 텃밭이 되었으며 집 뒤 부모님을 모신 선산만이 남아 있다. 그것마저도 머잖아 산업단지로 흡수되면 마을이며 선산, 마을 앞 죽바우들은 흔적도 없이 사라질 것이다.

게다가 ktx역까지 생긴다니 문자 그대로 문전옥답이 상전 벽해가 아닐 수 없겠다.

비극 아닌 비극, 나로서는 밟아 볼 수 없는 고향 잃은 실향민 신세로 전락하게 되었으니…

내 마음의 본향은 시나 소설의 원천은 물론이고 중편소설 「조용한 눈물」, 「세상에서 가장 오랜 시간에 걸쳐 쓴 편지」, 장편소설 『첫사랑 동화』의 배경으로 고향을 등장시켰다.

이번 고향길은 다시는 밟아 볼 수 없을 것 같은 착잡한 심정으로 모래 한 톨, 흙 한 줌마저 마음에 새기면서 마을을 돌아다니면서 추억을 떠올렸다.

30년이나 모심고 논매던 굽논 열 마지기, 문동골, 한여름 덥다고 새벽 두 시에 일어나 어둠에 묻혀 논매던 웃모티 서 마지기며 어릴 적 놀이터였던 마을 뒷산인 까막골에서 달 불놓던 추억을 하나하나 짚어가면서 회상하다 보니 눈물이 흠씬 고이기도 했으니…

고향 맛

투박한 뚝배기에 끓는 고향 맛 하나
우려내지 못할까,
가랑잎 긁어
뒤 안 감나무 잎만 긁어모아
풋고추 듬성듬성 쓸고
텃밭 삼동초 솎아서
보글보글 끓이면
뿜어 나는 하얀 김이야말로
뭉클한 고향 맛이리…

고향 잃은 그대를 청하노니
바쁜 시간 틈내 내려오게.
내 된장찌개 끓여 막걸리 대접하리니…

어릴 적

내가 어릴 적에는
여름밤으로 멍석 편 마당에 모깃불 피우고
누나와 누워 하늘 보며
밝게 빛나는 별은
엄마 시집살이 한이 튀어
못 박힌 것이라고
생각한 적이 있었습니다.

이제 어른이 된 뒤로는
밤하늘의 별을 보면
그 누군가는 모르지만
세상살이 고달픔을 횃대에 걸었던 자리라는
생각을 하게 됩니다.

매운 고향

초가지붕 위에 널어놓은 고추가
노을빛보다
붉게 익는 고향이려니…

산골 어린 소녀 몸짓이
앙가슴에 영글다 못해
뒤 안 감나무
고목에 달린 감이
붉게 익으면
청양고추쯤은 저리 가라는
매운 고향이 파노라마처럼 펼쳐지니…

고향 가면

서울로 유학 와 방학 되어 고향 갔을 때는
어른들이 반긴다는 것이
'논을 매다가 일 못한다고 혼내자
산으로 도망가면서
지 애비 보고
삶은 무시 못 묵을 때 보자던 아가
저렇게 컸어.' 하셨고,

대학 졸업하고 교사 되어 고향 갔을 때는
'지 애비 매 해 오라고 했더니
손 찔리라고 아카시아 가시째 매를
한 아름 해 와 지 애비 앞에
던지던 아가 선상 되었다지.' 하셨으며,

학위 취득하고 교수 되어 고향 갔을 때는
'고집이 세 땡강 부렸다고 하면
동네방네 떠나가라고
하루 종일 울어대던 아가 출세했으니
그런 똥고집도 부릴 만도 해.' 말씀하셨는데…

가끔 일없이 고향에 들러 보면
어른들 다 돌아가시고
농 삼아 말씀하시는 낯익은 얼굴
한 분도 계시지 않아서
낯선 마을에 들어선 듯
한사코 나를 밀어내는 데야
욱하고 서러움이 북받쳐 주저앉기도 했으니…

보리 개떡

내 욕심 얼마나 컸던지
보리 찧은 겨로 보리 개떡이라도 찌면
누나들 먹지 못하게
감춘다는 것이
누구도 올라가지 못하는
뒤뜰 감나무 가지 끝에 매달아.

꽁꽁 묶어 매달아 놓고는
한 달이고 두 달이고
까맣게 잊고 있다가
뒤늦게 기억해내고 올라가 보면
썩고 곰팡이 피어 버린 적이
여러 번 있었음이니…

집사람을 배려하며

시를 짓고 소설을 쓰는 틈틈이 나는 집사람에 대한 최소한의 배려로 첫사랑과 같은 시 한 편이라도 지어서 선물하고 싶다고 생각했었다.

사람이면 누구나 애틋한 첫사랑의 멍에를 지고 살아가고 있으며 인생의 이정표가 되고 생의 악센트로 작용해 삶을 윤택하게 하기 때문이다.

첫사랑처럼 생각되는 가깝고도 먼 사람은 누구일까? 누가 뭐라고 해도 집사람이 아닐까 싶다. 가깝고도 먼 데도 소중한 사람, 그런 반려인데도 왜 그렇게 배려해 주지 못했는지.

내겐 첫사랑이라고 해서 특별한 것이 아니다. 그저 그런 사람들의 이야기, 젊은 시절에 한 번쯤 가슴앓이했을 사랑, 오붓한 동화 같은 사랑 이야기, 가슴에 깊이 갈무리해 두고 살아가는 사람들처럼 가슴을 후련하게 카타르시스할 수 있는 첫사랑 정도라고 할까.

큰 탓

그리움이란 당신을 부르려고
오랜 연륜 끝에 찾은 탓으로
백 년을 두고 불러도
물리지 않으리.
그런 그리움을 잉태하기까지는
천 길 소에서
실비단 한 가닥으로
바위를 끌어올리는
신산 같은 아픔을 겪었나니…

당신이라고 부르는 순간
천 리도 지척,
연륜마저 극복할 수 있었던 것은
그리움이 큰 탓일 게지.

시의 주인

넓은 세상을 바라볼 때는
별 같은 마음으로 보면
별처럼 보이고
달 같은 마음으로 보면
달처럼 보이고
마음으로 별을 헤아리면
하늘의 별보다 많으리니.

마음과 달은 둘이 아니듯
마음과 별이란 것도
둘이 아닌
하나이기 때문에
당신이 내 시의 주인인 데야…

당신

알뜰히 설레어 부푼 가슴은
도도록 통통한
아람이러니

길고도 오랜 뒤안길에서
이제는 부처님의
삼보리로 돌아와 둥지 튼
부부연의 상징인
긴긴 메아리 같은 당신.

깊고도 은은한 그리움이야
연륜이 태질한
소리이러니

살찐 추억의 뒤안길에서
지금은 부처님의
여덟 길 열반으로 들어선
부부연의 사표인
둥근 메아리 같은 당신.

---

* 가곡으로 작곡할 수 있게끔 글자 수를 고려해서 1, 2연으로 배열했음

눈먼 처녀

당신을 생각하는 마음은
해맑은 가을 하루
가슴 조이며
구만리 창공을 바라보는
하늘 같은 높이.

당신을 그리워하는 마음은
바닷가에 서서
수평선 바라보면서
그리움 삭이며
황홀한 고독으로 지낸다는
눈먼 처녀보다 몇 배는 더하리니.

집사람

뜻하지 않게 밤길을 걷다 보면
반달이 구름을 비집고 나와
길동무해 주듯이
평생을 두고 따른 사람.
가을 아침 논둑길 걷다 보면
눈부신 아침 이슬과
솜이불 같은 뭉게구름이
얼싸 반겨주듯이
평생을 반려해 준 사람은
이 지구상에서
단 한 사람뿐인 집사람 아니겠어.

섭리

세월은 오고 가지 말래도
오고 가고
꽃은 피고 지지 말래도
피고 진다.

당신 향한 그리움은
이 세상에서
보듬어야 할 가장 소중한 것.
세월이 오고 가듯
꽃이 피고 지듯
그것은 자연의 섭리인 데야.

명작의 감동

스스로 드러내지 않아도
고와지기만 하는 나이,
스스로 튀고 싶지 않아도
절로 튀게 되는 나이.

그런 나이의 당신이야말로
사랑하는 순간순간
신비로움을 창조해
명작의 감동을
내 작은 가슴에 안겨주는 데야.

딸에게 주는 시

　인간관계는 이런저런 만남에서 시작된다고 할 수 있지 않을까. 유교적으로 볼 때, 만남은 현인을 만나 배우고 출세해서 가문을 빛내며 천하에 이름을 떨치는 것이 바람직하겠으나 그보다는 여자가 남자를, 남자가 여자를 만나 서로 사랑하고 결혼해서 아들딸 낳고 오순도순 행복하게 사는 것이 소중한 만남일 수 있다.

　인생에 있어 그 어떤 일보다도 만남보다 더 소중한 것은 없으며 일생을 좌우할 수 있는 것도 없다. 특히 남녀 사이의 만남에 있어 첫 단추가 잘못 채워졌을 때는 사람에 따라 다를 수도 있겠으나 남자 쪽보다는 여자 쪽이 더 많은 피해를 보는 것은 아닐는지. 따라서 아들도 마찬가지겠지만 딸이 더 좋은 사람 만나 아들딸 낳고 오순도순 살기를 바랐는데…

　딸을 낳고부터 어린 딸이 커 가는 것을 지켜보면서 때로는 팔푼이 되기도 했었다.

마음으로

너의 귀여운 얼굴을
지우고 지워도
지워지지 않는 얼굴.

몽당연필로 그렸다면
지울 수도 있겠지.
약지 검지 깨물어
혈서 썼다면
지울 수도 있었으리.

너의 귀여운 얼굴은
평생을 보듬어
아빠 마음으로 그렸는데…

얼굴

가을볕에 발갛게 익은 얼굴이
하늘 구름에 숨었다
슬그머니 내려온다.

지우고 지워도
지워지지 않는 얼굴이.

너무 맑아 서러운 강물
곁에 두고
마음 깊이만큼
고움을 더해 달려오는 얼굴이.

함께 쓴 시

너의 고운 생각이 내 생각이고
너의 착한 마음이 내 마음인데
시라고 다를까.

내 시는 내가 쓴
시가 아니라
너의 고운 얼굴이
마음속으로
숨어들었다가
나가면서 살짝 떨어뜨린 것이니까
함께 쓴 시.

눈웃음

구름도 졸고 있는 봄날 오후
복사꽃 망울 부풀다
곱게도 그려냈는가,
아빠의 숨겨둔 사랑 받고 자란
미소 머금은 너의 얼굴을.

화사한 봄빛으로 살아가며
갓 핀 꽃물만 먹어
이렇게 고와졌는가,
아빠 생각을 그대로 옮겨놓은 듯
눈웃음 짓는 너의 얼굴을.

오선지

푸른 바다를 향한 한 점
부끄러움 모르는
등대는 작곡자.
황포돛배 오가며
오선지 줄을 찍 긋고
수면 나는 갈매기
음표 치면
너를 위한 작곡은
낮에 나온
하얀 반달 품은 곡으로
참 참하게 완성된다.

천년 석공

내가 가진 모든 것을
몽땅 팔아
너의 꿈을 키워 주고
너를 생각하는
마음을 사
너를 위한 시를 쓰고…

너를 위해 쓴 시가
천년 뒤에도
기념비로 남길 바라며
천년 석공이 되리니…

2.

부끄러움의 떨림이란

아흔이 되거든

하루하루 생활하다 보면 뭔가를, 그 뭔가는 모르지만 놓친 것 같은 아쉬움 한둘은 있지 않을까 싶다. 그런 아쉬움을 놓치지 않으려고 꿈속에서도 깨뜨리지 못한 아픔 한둘쯤은 빼거나 덜고, 때로는 더하면서 그렇게 아프지 않게 오늘도 살아주는 것은 아닌지…

평생에 걸쳐 문학에 파묻혀서 문학을 즐기며 소설을 쓰고 시를 지으며 아들딸 낳아 키우고 혼사를 시켰으며 굶지 않고 크게 아프지도 아니하고 살아왔다.

그렇게 살아온 삶을 시의 그릇에다 어떻게 담아뒀을까? 담아뒀다는 것은 사치이고 내게는 씹고 씹어도 자학 일변도가 아니었을까 싶다. 나이 팔순이 지났는데도 여전히 문학에 대한 무슨 미련이 남았는지 알 수 없다.

유행가 가사처럼 저승사자가 데리러 오거든 시나 소설다운 작품 하나 생산하지 못해 갈 수 없으니 아흔이 되거든 날 데리러 오라고 할까.

내가 지은

나의 시를 두고 누구는
몸이 몸을 껴안고 탄 모양이라고,
살 속 깊이 파고 들어가
불 놓다 꺼진 재라고 캅디다.

또 누구 누구는
눈물이 눈물을 껴안다 못해 탄 모양이라고,
아니, 기다림이 지쳐
기다림을 태운 재라고 캅디다.

그리움이 그리움을 이기지 못해
타고 타다 남은,
사랑이 사랑하지 못해
타고 타다 남은 재이고 싶습니다,
내가 지은 시는…

질경이

시골 길가 질경이는 봄으로
움 틔워 오가는
사람들에게 짓밟히는
재미로 자라고,
누구도 읽어주지 않는
내 못난 시는
누구도 거들떠보지 않는
재미로 쓰고…

하나는 자연의 섭리
또 하나는 똥고집
둘 사인 통하는
것이 있긴 있는가 보다.

하늘편지

네가 그리운 날이면
가을 하늘, 하늘 한 조각 곱게 곱게 베어
하늘편지 쓴다.

뒤 안 감나무 감이 발갛게
익은 사연일랑
눈 부신 달빛 받아
까르르 까르르
미소 짓는 국화꽃 고절孤節도 담아
하늘편지 쓴다.

못다 한 사연은 공(空)으로 비워둘래요.

부끄러움의 떨림

그네는 열없고 수줍기로 치면
열 색시가 무색해.
화려한 꽃을 피우기보다
잎 사이 숨긴 열매에 삶을 맡겼음인지
달콤새큼한 향기로움이
순진한 입맛을 유혹해.

한번 경험해 보고 싶어라,
열 처녀 모르는 첫 키스
부끄러움의 떨림이
천년 감동을 낳게 해서
리즈시절★의 꿈을 키울 수 있는지…

★ 영국 프리미어 리그 선수 스미스(Smith. A)가 축구 클럽 리즈 유나이티
드에서 가장 뛰어난 활약을 했던 데서 유래. 인생에서 전성기, 절정기,
황금기란 의미.

그리워한 죄

가을 산이 붉은빛으로
단풍 든다는 이유로
골골이 깃든 산빛을
그리워한 죄.

몰래 그리워한 죄가
고운 빛 되어
그리움으로 붉게 익으면
그 그리움
가슴 깊이 숨겨두고
죄인으로 살아가도 좋으련…

자화상

온몸으로 시 같지 않은
시 한 편 지어 놓곤
마냥 통곡慟哭했다.
내 시는 어디가 못나
네 여린 마음조차
감동시키지 못해
매양 겉돌고 있는지…

네게로부터 돌아서려고 하는데
달랠 수 없는 그리움 하나
내게 와서 하늘 무게로 누른다.

속눈썹

너의 짙은 속눈썹으로
켜켜이 묵은 현을 튕기어
고운 화음和音
초승달에 걸어둡니다.

험한 세상 살아가다가
생의 앙금 생기어
그리움 식게 되면
속눈썹을 불쏘시개로
이 가슴 다시 타오르게 하렵니다.

아쉬움 한둘쯤은

시어는 흑진주라고 했던가. 조개가 남의 몸인 진주를 몸속에 숨겨 키우듯 사람이라면 누구나 시심(詩心)을 키우고 있지 않나 싶다.

사람은 '살며 사랑하며' 살다 보면 떨쳐버릴 수 없는 아쉬움 한둘쯤은 지니고 있지 않을까.

삶을 아득바득 살아가면서도 가을 이슬과도 같이 영롱(玲瓏)하게 빛나는 시어 하나쯤은 누구든 가지고 있지 않을까.

그런데도 내게는 그런 시어를 찾는다는 것이 왜 그렇게도 지난했는지 모른다. 여울 같은 생(生)의 한가운데쯤 나도 시집 한 권 가졌으면 하고 늘 짠했었는데 뒤늦게 시집을 내다니…

내게는 단순하고 소박한 꿈, 남은 말장난처럼 보일지 몰라도 소중하기 짝이 없는 시를 모아 묶었다. 고운 이, 그리운 얼굴, 생각나는 사람에게 한 권 보내주고 싶어 체면치레 빼고.

　　　　　　　　　　　—『내 마음에 내리는 하얀 실비』에서

다음 글은 첫 시집인 『내 마음에 내리는 하얀 실비』의 해설인 김재석 교수의 '圓融의 世界, 혹은 팍팍한 세상, 시인의 꿈'에서 인용한다.

"착하다는 사실이 어리석다는 것으로, 영악함이 지혜로움으로 바뀌어 버린 가치 전복顚覆의 시대에 있어 원융圓融의 세계를 꿈꾸는 자는 고통스러울 수밖에 없지 않겠는가.

그렇다. 그럴 수밖에 없겠다.

고통을 기꺼이 감수하려는 자만이 이토록 혼탁한 상황 속에서도 진정한 아름다움을 건질 수 있으려니, 형극荊棘의 길을 자진하여 걸어가고 있는 시인의 모습은 구도자求道者, 바로 그 자체라고 해도 좋겠다. 시인의 길이 구도자의 길과 다르지 않음은 「한 사람」에서도 느꼈듯이 '무소유의 소유'를 깨닫고 실천하려 한다는 점에서 감히 말할 수 있는 것이다.

욕심을 버림으로써 더 큰 이익을 얻을 수 있음을 설파하는 김장동의 시 세계는 만해 한용운의 정서에 닿아 있다고 할 수 있겠다."

한 잔 달빛

초승달이 하얀 꿈길을
소리 없이 밟고 다가오면
내게는 한 잔 달빛을
채운 술잔을
두 손 모아 비워내듯이
헛먹은 나이를
집어내고 싶은 가슴 쓸어내리는
곱디고운 여인이 있습니다.

새벽달이 푸른 꿈길을
소리 없이 밟고 찾아오면
내게는 한 잔 여명을
따른 술잔을
두 손 모아 비워내듯이
살아온 나이를
덜어내고 싶은 가슴 녹아내리는
곱디고운 여인이 있습니다.

---

* 가곡으로 작곡할 수 있게끔 글자 수를 고려해서 1, 2연으로 배열했음.

그리움

물소리 돌돌 구르는 계곡에 서면
너는 내게 왠지 모를
형용사로 다가와서는
동반자로 데려온 그리움을
몰래 떨어뜨려 놓고
온데간데 없이 사라져 버리나니
그 그리움 나 어떻게 하라고…

동해의 이름 모르는 해변에 서면
너는 내게 왠지 모를
감탄사로 다가와서는
곱게곱게 키워 온 그리움을
살짝 떨어뜨려 놓고
흔적조차 없이 사라져 버리나니
그 그리움 나 어떻게 하라고…

* 가곡으로 작곡할 수 있게끔 글자 수를 고려해서 1, 2연으로 배열했음.

이슬비

너와 나 만나기만 하면
때맞춰 가랑비 내린다.
오래오래 머물며
사랑하고 싶은데
너는 밧줄로 사랑을
꽁꽁 묶어 놓고
가라고 가랑비 내린다고
가라며 밀어내네.

너와 나 만나기만 하면
때맞춰 이슬비 내린다.
헤어져야 하는데,
만나면 안되는데
너는 술잔에 사랑을
동동 띄워 놓고
있으라고 이슬비 내린다고
있으라며 붙잡네.

* 가곡으로 작곡할 수 있게끔 글자 수를 고려해서 1, 2연으로 배열했음

먼 그날

오늘 같은 먼 그날
연륜으로 빚은 은쟁반에
기다림 잔뜩 담아
한 모금 두 모금
비워 내면서 붉은 입술로
그네와 쌓아 올린
붉은 추억을
허공으로 올려보내나니…

먼 그날 같은 오늘
별이 입맞춤한 금쟁반에
그리움 듬뿍 담아
한 모금 두 모금
기울이면서 하얀 입술로
그네와 굳게 맺은
하얀 사랑을
반달에 실어서 보내나니…

---

* 가곡으로 작곡할 수 있게끔 글자 수를 고려해서 1, 2연으로 배열했음

그대 창가

창가에 스며든 달빛에 취해
가을걷이 한창인
구안* 이백리
그대 창가 다다라
하마 머물렀던고.

사모한다는 단 마디 말도
전하지 못한 채
밤새워 서성이며
그대 체취 훔쳐맡나니…

---

* 구안 -대구와 안동 사이

들창에 스며든 별빛에 끌려
겨울 채비 분주한
구안 이백리
그대 창가 머물며
하마 설레었던고.

사랑한다는 단 마디 말도
건네지 못한 채
밤새워 서성이다
여명 안고 돌아오나니…

---

* 가곡으로 작곡할 수 있게끔 글자 수를 고려해서 1, 2연으로 배열했음

그리움은 단골손님

나는 정을 쉽게 떼지 못해 안달하는 못된 버릇이 있다. 마음이 여린 탓인지…

첫사랑 동화보다도 수십 배나 더한 열병을 가져온 기다림과 그리움의 병은 내 인생을 보다 살찌게 하고 보다 오래 살게 하는 원동력이랄까. 이 머리말을 쓰고는 있으나『오늘 같은 먼 그날』은 세상에 빛을 보지 못할는지도 모른다.

그것은 '너와 함께 쓴 詩'편을 완결 짓지 못하고 머리말부터 쓰기 때문이다.

나는 말재주가 메주, 마음을 남에게 내보일 방도가 없어 시의 형식을 빌린 것일 뿐, 허욕이란 눈곱만큼도 없다. 시집『오늘 같은 먼 그날』에서

그리움과 기다림의 단골손님은 나보다도 김재석 교수가 나보다도 적확히 갈파했기 때문에『오늘 같은 먼 그날』의 해설인 '그리움과 사랑, 그리고 열병의 아포리즘(aphorism)'에서 일부를 인용한다.

"그리움은 시의 단골손님이어서 어디서든 손쉽게 구해 읽을 수 있으나 애상조를 벗어나지 못함으로써 오히려 독자들의 심성을 피폐하게 만들고 마는 경우가 허다한 실정이다. 그에 비해 이번 시집에 담겨 있는 시들이 표출해내는 그리움은, 절대적 존재를 향해 한 걸음 한 걸음 나아가게 하는 자기 다짐의 힘을 안고 있다는 점에서 다른 시와는 자리를 달리한다고 말해도 좋겠다.

시인에게 있어 절대적 가치를 지닌 그리움의 대상은 '너'로 나타난다.

…

오직 지명의 나이에도 불구하고 문학에 대한 외경심으로 자신의 삶을 이끌어가는 시인의 태도에 감복할 따름이다. 문학에 대한 그리움 하나만으로 이 세상의 온갖 잡사를 담담하게 바라볼 수 있는 시인이기에 「환청」과 같은 절창絕唱을 남길 수 있지 않았을까 하는 생각이 들기도 한다.

한 마디만 덧붙여도 군더더기가 되는 「환청」이란 이 시는 우리 시대의 문인들에게 혹은 독자들에게 던지는 시인의 잠언이다."

여인

열일곱 꽃다운 아가씨★
아미蛾眉도 아리따워.
폭우 속 얇은 사紗 세모시
흠뻑 젖은 채
서재로 들어와서는
사랑을 잘도 속삭이네.

느닷없이 묻기는 왜 물어
나이가 몇이냐고,
스물셋 시절이 있긴 있었지
물론 불혹이 되기 전.

지천명의 나이가 된
신록이 눈부신 5월 하루
갓 서른 여인이**
뜻밖에 찾아와
눈웃음 살살 치며
과거를 잘도 추성이네.

문득 서 화담이 생각나
미소 지으면서
서른 시절이 있긴 있었지
지금부터 스무 해 전.

** 기다림과 그리움의 여인 *** 화담(花潭)-조선조 도학자인 서경덕(徐敬
德)의 아호.

난 모릅니다

내 너를 안 뒤로부터
눈동자에 희망이
얼마나 화려하게 자라났는지
난 모릅니다.
내 너를 안 앞으로
네가 준 사랑에
얼마나 달콤하게 길들어질지
난 모릅니다.

이제 끝물 열매 하나
남았습니다.
타는 가슴 어떻게 하라고.

들풀

반짝이는 별을 보기 위해
몸을 낮추고 낮춰
바람 몰아쳐
쓰러진 들풀에 누워
밤하늘을 바라봤었지.

마음속 고운 네가
떠나 버리면
나는 허허벌판으로 가
그리움에 병들지 않는
들풀이 되리.
들풀 되어 살아가리.

인연

전생에 너는 빛으로
나는 그림자로
두 몸 하나 되어
도리천* 거닐며
빛이 나면
그림자로 따랐는데…

이생에서 만난 인연,
얄궂게도
서로 뚝 떨어져
그리움 키우고 있는가.

---

* 도솔천(兜率天)은 불교에서 말하는 육계(六界), 육천(六天) 중의 제 사천
(四天)으로 천상의 정토를 가리키는 이상세계.

목 길어진 하루

나는 흙으로 빚어 구운
용인이 아니에요
그대 생각으로 목메니까
눈부신 착각 주세요
날 사랑한다고.

기다리다, 기다리다 지쳐
목 길어진 하루
햇솜 같은 내일을 주세요
마냥 기다리기엔
가슴이 너무너무 아프잖아요.

고백

흐르는 여울물에 별빛 어리면
맥박으로 뛰는
그리움 하나 있다.

이 생명 다해 여울이 되리.
여울로 흐르면서
사랑과 미움 씻은
그쯤에 머물러
너를 그리워했다고,
사랑하다 못해
가슴에 인印이 박혔다고 고백할까.

환청

너의 그리움이란 짐을 지고는
잠잘 수 없어
헛꿈 꾸다가
환청에 놀라 벌떡 일어나
창문 열어젖힌다.

그 꼴이 하 방정맞았던지
무심코 지나던
바람마저 멈춰서서
허허, 허참
코웃음 치고 도망을 간다.

그대 내게

그대 내게 소원이 뭐냐고 묻는다면,
그대의 속눈썹이 되고 싶다고.
그대의 속눈썹 되어
그대의 세상 들여다보고
그대가 슬퍼할 때
그 슬픔 달래주고
그대가 즐거워할 때
그 즐거움 남보다 먼저 알며
그대가 잠잘 때
그 단잠을 지켜주기 위해
그대의 속눈썹이 되고 싶다고…

3.

산행하며 공으로 주워 담은 시

백두대간 산행

산을 꽤 많이도 탄 것 같다.

건강을 위해서기보다는 그저 산이 좋아 무턱대고 산에 갔을 뿐이기 때문에 특별히 의미를 부여할 것도 없지만, 그렇게 산을 누볐으니 자연스레 산행시를 쓰고 그런 시를 묶어『산행시 메들리』란 시집까지 냈으니…

산을 좋아하고 잘 타는 이유는 어릴 적부터 지게를 지고 나무하러 산을 오르내렸기 때문일 것이다. 겨울 방학이 되면 고향에 내려가 땔감나무를 했다. 어머니가 짚을 때서 밥 짓는 것이 안타까워 매일 지게를 지고 까막골로 가 풀을 베어 갈퀴로 끌어모아 지고 오거나 지게 지고 기영산(705m)을 등산했다 내려오는 길에 쓰러진 나무를 한 짐 지고 오기도 했었다.

그랬으니 백두대간을 누비는 것쯤은…

팔순을 넘은 나이인데도 하루도 걸리지 않고 매일 1만 3, 4천 보, 성남 누리길을 걷고 있다.

산행할 때는

산행하기 며칠 전부터 준비할 것은
속세의 욕심 모아, 모아서 뒀다가
배낭에 꾹꾹 눌러 담아서는
허리가 휘청 휘도록 지고 떠날 일이다.

막상 산행을 시작하면서부터는
허리가 휘도록 담고 담아온
욕심을 하나씩 둘씩 끄집어내어
지나온 발자국과 함께 두고 올 일이다.

산행을 마칠 즈음에는 텅텅 비운 배낭에다
산의 정기, 소에 잠긴 전설을
차곡차곡 채워 와서는
가까운 이웃에게 하나씩 나눠줄 일이다.

서울 도봉산

도봉산道峰山은 도봉구와 양주 사이에 있는 산으로 북한
산과 함께 국립공원으로 지정되었다.

수도 가까이 있는 데도 산의 굴곡이 다양해 절경을 이루며
맑고 깨끗한 계곡이 있어 산과 물의 조화를 연출할 뿐 아니
라 뾰족뾰족 솟은 화강암과 어울려 한 폭의 진경산수화를 만
끽할 수 있는 절경의 산이다.

특히 신선봉은 암벽등반의 명소로 소문났다.

서울 시민들은 도봉산 때문에 축복받고 살아가며 그 반대로
도봉산은 시민들에 의해 가장 사랑받는 산이 되기도 했으니.

이런 산을 내가 400회 이상 등산을 했다고 하면 거짓말일
까. 집이 둔촌동인 탓으로 5호선을 타고 군자역에서 7호선
으로 갈아타며 도봉역에 내리는 접근성이 좋아 헤아릴 수 없
이 많이 오르내렸다. 도봉을 오르다 보니 신선봉이 나를 끌
어당기는 데야 나도 몰래 빨려 들어갈 수밖에.

도봉에서

억만 겹 스쳐 가는 바람을
한 줌 두 줌 모아,
모아서는 자운봉 만들어내고
억만 겹 두고
피는 꽃을 한 송이
또 한 송이 모아,
모아서는 만장봉 만들어내고…

불어오는 솔바람 향좁과
백만 송이 장미로
그대의 마음을 사서
자운봉에 살림집을,
만장봉에 사랑채를 지어
한오백년 살아가리니…

인제 방태산

강원도 인제군 기린면의 명산名山인 방태산(1,435m)은 깃대봉(1,435.8m), 구룡덕봉(1,388m)과는 능선으로 연결되며 골이 깊고 폭포가 있어 경관을 자랑한다.

적가리골 깊은 골짜기에는 2단 폭포가 있다. 넓은 암반에서 내려오는 폭포수는 수량이 많은 편이다. 홀로 있으면 다소 평범했을 폭포인데도 앙상블을 이뤄 물소리가 경쾌하게 울려퍼진다.

등산은 적가리골에서 시작하는 것이 어떤 면에서는 편리하다.

나도 적가리골에서 산행을 시작해 높이 10m의 2폭포와 3m의 1폭포를 보고 본격적으로 등산을 시작하려고 하는데 난데없는 폭우가 쏟아진다.

등산할까 말까 망설이고 있는데 같은 회원 여인 둘이 폭우가 쏟아지는데도 등산을 감행하는 데야 되돌아서려는 마음을 바꿔 등산했다.

산을 타는 여인

하늘공원 한 자락이 그네 타고
내려와 귀공녀 자작나무보다
귀품 넘치는 여인을
이 무더운 8월에 산행하게 했는지
아 참, 뒤늦게야 깨달았나니
그네의 고운 마음
옹달샘에 담가두기 위해서임을.

그네를 마냥 뒤따르며
'그만하면 됐어, 그만한 여인이
세상 어디에 또 있겠어.'
하고 연신 감탄을 자아내다니…

정읍 내장산

전북 정읍의 내장산은 단풍으로 치면 우리나라에서 제1경이라고 할 수 있다.

탐방지원센터에서 내장사까지 형형색색 물든 단풍은 자연적인 것이기보다는 인위적이지만 계곡과 골짜기마다 숨어 있는 만풍滿楓은 단풍의 과연 황제답다고 할 수 있다.

내장산內藏山(763m)은 노령산맥의 중간에 있으며 연지봉, 까치봉, 신선봉, 장군봉, 서래봉 등 산봉우리가 말의 발굽 모양으로 늘어서 있다.

1971년 서쪽의 입암산(654m)과 남쪽 백양사 지구를 묶어서 국립공원으로 지정했다.

내장사 주변과 서래봉은 여러 번 등반한 적이 있다. 특히 가을과 한겨울에 거쳐 유군치에서 장군봉, 연자봉, 가장 높은 신선봉(764m)을 지나 까치봉, 연지봉, 양해봉, 불출봉, 서래봉을 거쳐 백련암을 지나 일주문에 이르는 풀 코스를 등산한 적도 서너 번 된다.

벽련만풍

오르는 길이 가팔라야 사람이 오지 않아
그런 곳에 보물을 숨겨뒀다지.
보물은 벽련만풍의 백미를 즐기는 것.
있으면 있는 그대로
비가 오면 오는 그대로
비가 오지 않으면
오지 않는 자체 그대로
자연 그대로 두는 것이
벽련만풍에게는 살기 좋은 환경 아니겠어.

내장사 만풍이 곱게 물든 이유야
이름 모를 시인은
사랑을 토해 낸 부산물이라고 노래했으나
내겐 사랑을
하고 한 결과물이 아닐까 싶으이.

청송 주왕산

주왕산은 경북 청송에 있는 국립공원으로 해발 721m의 높지 않은 산이다.

주왕산에 폭포가 많은 이유는 하천 기반을 이루는 암석이 풍화나 침식에 강한 안삼암으로 침식이 되지 않아 물의 흐름이 복잡해지고 협곡이 깊어지면서 폭포를 형성했기 때문이다.

유네스코 세계지질공원으로 지정된 주왕산국립공원은 주왕산(720m)을 중심으로 태행산, 대둔산, 명등재, 왕거암 등이 말발굽형으로 자연이 쌓은 성곽 같은 멋진 산세, 응해암으로 특색 있는 경관을 이루고 있으며 3대 암산의 하나이다.

입구에서 1km쯤 가면 다리가 있는데 이 지점에서 주왕암을 지나 주왕굴까지, 제1폭포를 지나 제2폭포까지의 절경은 시선을 사로잡는다.

이 두 곳의 암봉과 수려한 계곡이 연출하는 풍광은 가히 영남 제1경이라고 할 만하다.

인근의 주산지注山池는 왕버들로 유명하다.

주왕산

주왕산에 있는 주왕굴에는
주왕은 어디 가고
하늘에서 내려온 석간수가
독차지하고 앉아
똑똑 소리 내며
바위에 묻혀 있는 전설을 캐내어
긴 긴 겨울밤의 야참을 준비한다.

준비하지 못한 저녁이야
학소대 메아리가 메롱 하며
혀 내밀고
숨겨놓은 전설까지
몽땅 캐내서는 저녁 찬을 마련할 테지.

설악산

설악산(1,708m)은 다섯 번째 국립공원으로 지정되었으며 1982년 유네스코 생물권보전지역으로 지정되어 관리되고 있다.

설악산은 인제 쪽은 내설악, 한계령과 오색 쪽은 남설악, 속초와 고성은 외설악이라고 한다. 대청봉을 비롯해 중청봉, 화채봉, 공룡능선, 용아장성, 울산바위 등 30여 개의 봉우리, 천불동, 수렴동, 가야동 계곡 등은 천의 얼굴을 가졌으며 계절 따라 다양한 색깔의 아름다움을 연출한다.

설악산은 도봉산 다음으로 많이 오른 산이다. 대청봉을 오른 것만 해도 열 번이 넘는다.

장수대 탐방센터에서 대승령을 올라 12선녀탕으로 내려오는 등산도 서너 번은 했으니 이 정도면 설악산 광이라고 할 만하지 않은가.

대승폭포는 장수대 탐방센터에서 0.9km, 해발 740여 미터, 왕복 두 시간이면 다녀올 수 있다.

대승폭포(또는 한계폭포)는 금강산 구룡폭포, 개성의 박연폭포와 함께 우리나라 3대 폭포의 하나이다. 88m의 높이의 폭포인데도 여름철 우기에 비가 많이 내린 뒤가 아니면 수량이 적어 물줄기가 가늘거나 아예 보이지 않을 수도 있다. 따라서 물이 떨어진 흔적만이 있는 바위 절벽만 보게 되어 폭포의 우람한 물줄기를 기대했다가는 실망부터 하게 된다.

　물줄기가 없다고 해도 바위 절벽만으로도 폭포의 우람함을 상상하기에는 부족함이 없다.

　등선대登仙臺는 바위 위의 조망대로 한계령 정상에서 2km쯤 내려오다 보면 흘림골 입구가 나타난다. 입구에서 등산을 시작해 여심폭포를 지나 300m쯤 가파른 깔딱고개를 올라 주전골로 내려가는 갈림길에서 왼쪽으로 가파른 길을 한참 오르다 보면 바위 위의 전망대, 흘림골 등산의 백미인 등선대이다. 정상에 느긋하게 앉아 기암괴석의 바위를 완상할 수 있을 뿐 아니라 대청봉, 점봉산, 저 멀리 동해를 한눈에 굽어보면서 안복眼福을 만끽할 수 있다.

대승폭포

바느질하다가 무심결에 떨어뜨린
비단 한 조각도 소리 나는데
대승폭포 물 떨어지는 소리는
아예 들리지도 않아.
바람결에 흩날리는 물줄기쯤이야
멀리서도 볼 수 있으나
다가가 만질 수 없는 것이
대승폭포 아닌가 싶어.

88m 비단 필 스무 자쯤 베어내어
임의 옷 지으려니
가물어 물줄기도 생기지 않아
옷 짓는 상상조차 앗아갔으니
삼대 폭포 심술치고
놀부 심보 뺨을 치고도 남으리.

등선대

언저리 산행 중에서 백미 중의 백미는
한계령 휴게소에서 오색 약수터쪽으로
2km쯤 내려가다 보면
오른쪽으로 등선대 입구 있어.

등선대 위에 턱 걸터앉아
점봉산 연무를 품에 안고
설악의 진경眞景을 주워 담다가
어느 결인지 수형도
큰 단풍의 왕자 복장나무가
붉은 잎을 출연시켜
파스텔톤의 단풍을 연기케 하나니,
환상적인 하모니에
함께 보던 연인이 없어져도 모른다잖아.

오세암 만경대

10월 초 오세암 만경대 찾은 날
만산홍엽 눈에 넣다 못해
마음을 발갛게 물들이고 있는데
가슴에 숨겨둔 고운 여인이
산의 정령을 데려와서는
첫사랑에 댄 가슴을
단풍처럼 붉게 물들여 주는 데야.

산속 깊이 똬리를 틀고
앉아 있던 단풍비가
붉게 댄 내 가슴을 훔쳐보다가
피식 웃더니
낙엽 하날 허공으로 날려 보낸다,
무슨 보살이나 된 듯이.

평창 계방산

평창 계방산(1,577m)은 겨울이면 태백사, 서자령과 함께 눈 산행으로 이름난 산의 하나이다.

높은 산인 데 비해 산세가 순해 정상 접근이 쉽다. 산행 기점은 운두령(1,089m) 영마루로 정상과 표고차는 488m밖에 나지 않는다.

정상에 서면 백두대간 등줄기를 한눈에 볼 수 있어 최고의 전망대로 손꼽힌다. 북으로는 설악산과 점봉산, 동쪽으로는 오대산 노인봉과 대관령 서쪽으로는 태기산이 파노라마처럼 전개된다.

정상 부근은 천 년이 넘는 주목이 군락을 이루고 있어 고산지대에서만 볼 수 있는 자연을 나름대로 즐길 수도 있다.

폭설이 내린 이틀 뒤, 눈 산행을 하기 위해 운두령에서 내려 산행을 시작한 적도 있다.

덕유산 상고대가 유명하다지만 정상을 향해 가다 보면 눈 길 닿은 것마다 상고대뿐이다. 상고대를 찍느라고 손이 얼얼할 정도로 얼었으니…

흠집 내지 말고

산아, 산아, 계방산아
품어 줄 여인 있어.
봄여름 가으내 산을
오른 것도 모자라
겨울에도 산을 타는 여인을
품어 주지 않는다면
계방산이라 할 수 없지.

산아, 산아, 계방산아
모든 것 포기하더라도
삼동 추위를 참고
견디며 풀뿌리 새순 틔어
화사한 봄을 잉태한
여인을 안아 줘야지,
흠집 하나 내지 말고.

찍어 찍어

너무너무 예뻐 미치겠어.
눈의 요정 대단해
세상의 모든 아름다움이야.

혼자 보기 너무 아까워
찍어 찍어 대구 찍어
날 미치게 하는 눈꽃인데
안 찍으면 뭘 찍어.

대구 찍고 마구 찍다 보니
눈꽃 경치가
말이 안 나올 정도로 예뻐
안면 근육마저 굳어 버렸나니…

지리산

　지리산(智異山, 1,915.4m)은 우리나라 최초로 국립공원 1호로 지정되었으며 경상남도, 전라북도, 전라남도 3개 도에 걸쳐 있는 방대한 산이다. 이런 산을 당일치기로 서울에서 새벽에 집을 나서서 백무동에 차를 세워놓고 장터목을 거쳐 천왕봉에 올랐다가 귀경하기도 했다.

　때로는 산악회를 따라 코스가 가장 짧은 중산리에서 천왕봉을 오르기도 했고 백무동에서 천왕봉으로 해서 중산리로 하산해 귀경하기도 했다. 그뿐만 아니라 성삼재에서 노고단, 노고단에서 피아골로 하산하기도 했다.

　칠선계곡은 천왕봉 북쪽 골짜기, 7개의 폭포와 33개의 소가 산재해 있다.

　지리산은 아혼아홉 골짜기가 산재해 있다.

　그중 하나, 칠선계곡은 훼손이 심각해지자 출입을 통제했다가 20 몇 년 만에 개방했다는 보도에 산악회에 동행했다.

칠선계곡

그저께 엘리뇨 현상으로 유례없는 폭우 내린
지리산 칠선계곡
계곡을 넘쳐흐르는 물소리가
산봉우리를 흔들다 못해
벼락 치는 천둥소리까지 잠재웠다고 하더니
딱 하나 잠재우지 못한
소리가 있다고 하지 않겠어.

그게 무슨 소린가 해서 귀 대고 엿들었더니
물소리끼리 쑥덕이기를
'물보라 고운 피부 가진 여인이
옥녀탕에서 알탕하다*
비경에 놀라 입이 딱 벌어지며
아! 하는 탄성 소리 아니겠느냐.'
고 와글와글 떠드는 데야…

---

* 알몸으로 소에 뛰어들어 더위를 시키는 것.

어머니의 산

지리산은 아흔아홉 골짜기를 골골이
품고 있음이니…

계곡을 흐르는 물은 신선의 생명수.
골과 골짜기의 청정 공기는
명의의 처방전.
나무와 나무, 바위와 바위 사이
깊숙이 숨겨뒀다가
온갖 탐욕 벗어놓고 산에
들어온 사람들에게
아낌없이 내어주는 산나물, 버섯, 약초는
신이 내린 먹거리.
지리산은 지친 사람들에게 살길
내어주는 어머니의 산.

4.

현장 답사는 폼을 잡고

안동 하회 마을

안동 하회하면 하회탈로 유명하다.

하회탈은 심목고비深目高鼻의 기악적인 골격과 사실주의 수법이 뛰어나면 무악면이 가지는 표현의 다양성, 좌우 대칭이 아닌 탈의 모양, 중간 표정의 탈 등 다양성을 지녔다.

탈의 표정을 보면, 각시 중 양반 이매 부네 탈은 실눈으로 반만 뜬 상태의 탈인 반면에, 중 양반 이매 선비 백정 탈은 턱이 따로 움직이기 때문에 표정의 변화를 볼 수 있다.

하화별신굿은 한때는 중단되었다가 지금은 시에서 낙동강 둔치에 상설공연장을 마련하면서 보존회와 동호인들에 의해 무동, 주지, 백정, 할미, 파계승, 양관과 선비 등 여섯 마당으로 공연하고 있다.

하회별신굿을 보고 있으면 풍자 이면에 한으로 똘똘 뭉쳐 있는 서민들의 애환을 피부로 느낄 수 있다.

하회별신굿

어허, 저놈 보아. 뭐 땀시 빈 하늘 두 팔로 쓸어안아, 그리고 마디 굵은 춤사위는 또 뭔고. 한 마당 불길 이룬 신명을 쏟아낸다고 한이 풀릴까. 우두둑우두둑 뼈마디 뜯기는 소리가 들린다. 아픔을 베어 물고 한 눈 지긋이 뜨고 목줄 핏대 내어 붉은 한을 풀어낸다. 하늘에는 허연 달 무너뜨린 그림자 넉살 좋은 익살에 세 치 혓바닥 놀려 질펀한 장단 가락이 허공을 건너가더니 신내림 받아온다. 어허, 길 비켜라. 누가 무어래든 난 간다. 분하고 설운 아우성 우리가 짊어지고 난 간다. 양반이 무엔고. 상놈이 무엔고. 질펀한 넉살 넋두리 날 세운 도끼마냥 내려치듯 춤사위를 펼친다. 피 묻어 딩구는 잡귀들아, 징소리 쫓아가다 따끔하게 얻어맞고 돌아서는 눈물범벅 되어 한 마당 혼을 흥건하게 쏟아놓는디…

경남 하동

경남 하동 하면, 화개 장터가 생각나고 다음으로 생각나는 것이 십리 벚꽃길이다.

그뿐만 아니라 천년 고찰 쌍계사와 녹차도 생각나는 곳이다.

벚꽃 피는 봄이면 하동으로 여행을 가 녹차밭에서 느긋하게 앉아 향긋한 한 잔 차의 다향茶香을 음미하면서 박경리의 대하소설 『토지』의 최서희를 생각하는 맛과 멋의 감칠맛은 어디에도 비길 수 없겠다.

녹차의 종류는 세 가지로 나눌 수 있다.

우전雨前은 곡우(4월 20일 전후) 무렵, 어린잎을 따서 가공한 하동 차 중에서 차향이며 최고의 차로 부드러운 맛이 특징이다.

세작細雀은 곡우 지나 여름까지 마치 참새의 혀처럼 자란 찻잎을 따 가공한 차로서 우전에 비해 맛과 향이 조금 강하다.

잭살은 화개지방의 토속어로 차나무를 일컬으며 감기를 고친다고 해서 고뿔차라고도 한다.

작설차

곡우 전후해서 어린잎이 세 잎 날 때
따 1차 볶음이 차의 진미를 70% 좌우하므로
노하우의 숙련을 발휘한다지.
1차 볶음에서 재빨리 꺼내
맑은 공기를 씌우면서 차를 깨운다는 비법을
그대로를 살려 비벼 주기를 해야 하고
차와 물이 만났을 때
찻잎이 잘 우러나도록
차의 조직을 파괴하기도 해.
반복하기 아홉 번, 마음을 담은 정성이야 덤.
햇차를 생산하게 되면
먼저 쌍계사 부처님께 헌차하고
주지 스님께 평가받아.
주지 스님이 '올해 차는 잘됐네.' 하는 말은
찻속에 자연이 듬뿍 담겼다는 뜻으로
그게 신의 평가 아닐까 싶으이.

양수리 두물머리

서울 강동 둔촌동에 살았기 때문에 시간 나면 자주 들린 곳이기도 한 양평 양수리 두물머리는 북한강과 남한강이 합쳐진다는 데서 유래한다.

팔당 댐이 건설되면서 호수가 생긴 뒤로 일교차가 심할수록 이른 아침에 피어나는 환상적인 물안개는 일품이 아닐 수 없다.

두물머리는 한강 제1경으로 드라마나 영화촬영장소, 액자존은 2015년, 드라마 『그녀는 예뻤다』의 촬영지가 되면서 인기를 끌고 있다.

두물머리 풍경화로는 조선조 이건필의 「두강승유도」와 겸제 정선의 「독백탄」이 전해진다.

두물머리는 일출, 황포돛대, 400년이나 된 26m의 느티나무가 어우러져 4계절 내내 아름답게 변하는 풍광은 타의 추종을 불허한다.

풍광은 화려하지 않으나 잔잔한 물결, 수수한 연꽃, 돛단배 한 척, 섬 하나, 주변의 부드러운 산세마저 점잖게 누워 있어 포근함을 자아낸다.

두물머리

하루의 일과를 정리할 즈음
사계四季가 서로 다른
두물머리에 간다.

봄이면 파르스름한 물빛이
황포돛배 돛 빛 짙게 하는
두물머리 이름처럼
하얀 물보라가 조용하게
역동적인 삶을 연출하면
살 의욕이 솟아.

살 의욕이 솟으면 기지개 한껏 켜
지친 몸 물속에 가두고
또 돛 빛 같은 삶을 일구어 간다.

간이역

간이역簡易驛이란 일반역과는 달리 역무원을 두지 않고 설비만을 간단히 설치해서 여객 및 화물을 취급하는 역이다.

우리나라 간이역은 세 유형이 있는데 직원의 배치 여부에 따라 배치 간이역, 무배치 간이역, 운전 취급만 다루는 운전 간이역 등이 있다.

간이역의 공간으로는

첫째, 추억과 여행이 생각나는 시골의 낭만 공간이라고 할 수 있으며

둘째, 교통을 이용하는 실용 공간,

셋째, 산업화의 흥망을 함께 한 현장 공간으로 기억에 오래 남아 있기도 하다.

코레일에서는 지금도 간이역을 많이 운영하고 있는데 2010년, 무배치 간이역이 188개, 2019년 배치 간이역이 48개 역이나 된다고 한다.

간이역에서

하루 동안 아흔아홉 차례나 통과하는
열차 중에서 한두 대 정도
정차할까 말까 하는 간이역.

한 컷 사진의 붉은 뾰족지붕
초록 페인트 역사는
근대문화유산으로 지정된
차표도 팔지 않는
간이역에서 편지를 쓴다.

부쳐도 좋고 안 부쳐도 더 좋은 편지를
편지지는 맑은 봄 하늘
펜은 불어오는 봄바람
긴한 사연은 봄이 움 틔운 새싹.

낙동강 하구 을숙도

을숙도는 부산 사하구 하단동에 있는 섬으로 낙동강 7백리 물길이 남해와 만나는 지점, 강물이 토사를 품고 와서 뱉어 놓아 쌓인 삼각주, 1920년대 섬의 형태가 잡힌 곳을 일컫는다.

갈대와 수초가 무성해 겨울이면 철새가 날아와 머무는 곳, 동양 최대 철새 도래지였다.

그런데 1987년 낙동강 하구언이 지어지고 공원으로 조성하면서부터 갈대와 숲이 많이 훼손된 데다 철새가 줄어들었다. 더욱이 많은 사람이 철새를 보려고 찾아와서 분별없이 행동하는 바람에 철새가 줄어들자 뒤늦게 철새특별보존지역으로 설정하고 인공 습지까지 조성했다.

그런 조치를 해서 전처럼 철새가 날아와 겨울을 지내기를 기대했으나 예전만 같지 못해 매우 안타깝다.

을숙도는 인간의 이익과 편의만을 생각해서 인간에 의해 자연이 훼손된 대표적인 사례가 아닌가 싶다.

을숙도

강물이 마지막 흐름을 끝내고
바다의 품에 안기는 지점.
물길이 미로처럼 나 있고
사람 키보다 큰 갈대가
지천으로 늘린 곳.
소슬바람이 소금기 바람 만나
달빛 아래 깃털 날리며
사랑의 몸짓으로 살아가는 곳.

깃털끼리 서로 부딪쳐서
저 세상 떼어내고
이 세상 어디론가 날아가면
한 편의 시로는 부족해서
동화와 소설을 낳는
꿈이 서린 곳이다, 을숙도는.

구례 운조루

전남 구례 운조루雲鳥樓는 99칸의 저택이다. 운조루란 구름 속에 숨어 사는 새의 집이란 뜻으로 사랑채를 두고 일컫는 누마루의 당호.

운조루는 우리나라 3대 길지로 알려졌으며 지리산 남쪽 끝자락 금환낙지金環落地- 금가락지가 떨어진 명당-의 명당에 자리 잡았다.

운조루에는 두 가지 자랑거리가 있다.

하나는 타인능해他人能解- 누구든지 열 수 있다-라는 쌀독이다. 흉년이 들었을 때 굶는 사람들을 위해 언제든 쌀독을 열어 구제했다는 전설이 깃들어 있다. 둘은 굴뚝이다. 저택의 굴뚝이라면 우뚝 솟아 있어야 제격일 텐데 운조루의 굴뚝은 사람들의 눈에 잘 띄지 않도록 숨겨놓은 데 있다. 이유는 주변을 배려해서 밥 짓는 연기가 퍼지지 않게 하기 위해서였다고 한다. 끼니를 거르는 사람들에게 굴뚝 연기를 보여 소외감을 느끼지 않도록 배려함이 있었음이니…

운조루

경상도와 전라도 접경지역 운조루는
고택의 배산으로
지리산 자락의 경관이
빼어난 데다
백두대간 정령이 몰려다니다가
금환낙지金環落地했으니…

임수로는 섬진강 은빛 물줄기
물줄기 따라 넓은 들.
세상일로 속 타고
속 터지는 일을 수없이 당하더라도
가슴을 활짝 트이게 하는
명당 중의 명당 운조루.

창녕 아석헌

아석헌(我石軒)은 경남 창녕 석리에 있는 고택으로 흔히 성부자 집으로 일컫기도 한다.

아석헌은 배산으로는 집 뒤의 동산이 지네가 꿈틀대며 내려오는 형국을 하고 있다.

이는 오공대계蜈蚣對鷄- 지네가 닭을 마주 대하는 형국-으로 명당 중의 명당이라고 일컫는다. 게다가 앞에는 화기가 충만해 불이 잘 나는 화왕산火旺山이 아석헌을 굽어보고 있다.

화왕산의 오른쪽으로는 삼각형 형국의 문필봉文筆峰이 선비의 붓인 양 자리를 잡고 있다.

아석헌 앞으로 펼쳐진 넓은 들을 일컬어 '어물리 들', 그 들은 풍요와 호탕함을 자랑한다.

넓은 들의 풍요로 아석헌을 복원하면 200여 칸이 된다고 하니 규모로는 선교장과 어깨를 나란히 한다.

아석헌은 선교장과 운조루의 장점만 모아서 조성한 고택이다.

아석헌

경남 창녕의 아석헌(我石軒)*은
성부자 고택으로
집 뒤 동산에 사는
지네가 꿈틀거리며 내려온 오공대계蜈蚣對鷄에
터전을 마련했으며
저 멀리 화왕산(火旺山)이
옹위한 데다
앞의 수백만 평 '어물리 뜰'이란
넓은 들이 해마다 풍요를 가져와.

그 풍요로 아석헌을 복원한다면
'200칸 저택이 되고도 남는다.'고 하니,
지금 세상에 보기 드문
장급 저택으로는 대명사 중의 대명사이리.

강릉 선교장

    강원도 강릉 운정동 선교장船橋莊은 99칸의 전형적인 사대부의 상류 저택이다.

    선교장은 낮은 산기슭을 배산으로 선정한 데다 건물마다 독립적인 특색을 지니면서도 상호 조화는 물론, 적당한 거리까지 두어 배치했다.

    집 바깥에 마련한 활래정과 함께 여유롭고 한적한 분위기가 나게 한 것도 독보적이다.

    300여 년이 지났는데도 원형이 비교적 잘 보존된 아름다운 전통 가옥으로 주변의 경포호와 동해, 자연과의 조화를 슬기롭게 포용해서 중후한 자연미를 지닌 데다 지금도 살아 숨 쉬는 공간으로 사랑을 받고 있다.

    게다가 전시하고 있는 가구는 옛날 강릉지방의 생활관을 엿볼 수 있는 자료이다.

    2000년 한국방송공사에 의해 한국 최고의 전통 가옥으로 선정되기도 했다.

선교장

흔히 가장 빼어난 산세를 두고
수이불장秀而不壯하고 장이불수壯而不秀하며
역장역수亦壯亦秀하다*고
뭇사람들이 수식어를 동원해 입씨름을 해나니.
신이 아닌 인간의 손으로
빚어낸 솜씨로는 명택 중의 명택
강릉 선교장*은 120칸이라는 저택으로
50m의 일자형으로 지은 행랑채와
500년생 소나무며
십리빙환을 다리고 고쳐 다린* 잔잔한 경포호
일망무제의 동해가 가까이 있어
관동 8경 중에서 제1경으로 럭셔리한 저택을
아는 사람 그 몇이나 되려나.

---

* 빼어나나 장엄하지 아니하고 장엄하나 지나치게 빼어나지 않으며 장엄
하면서 빼어나다. 〈정철 송강의 「관동별곡」의 한 어절.〉

창녕 우포늪에서

이번 여행은 경남 창녕군의 3개 면에 걸쳐 있는 내륙 습지 인 우포늪을 찾았다.

우포늪은 2011년 천연기념물로 지정되었으며 유네스코 세계자연유산 후보에 올라 있다.

우포늪은 대대리, 세진리 일원의 우포늪, 안리 일원의 목 포늪, 주매리 일원의 사지포, 옥천리 일원의 쪽지벌 등 네 개 의 늪이 있다.

특히 람사르협약에 의해 보호받는 습지이기도 하다.

버스로는 불편해 자가용으로 가면 좋다.

가가용으로 우포늪을 가려면 고속도로를 타는 것이 편리 하다. 구마고속도로를 타다가 창녕 I.C에서 나와 24번 국도 로 나와 우회전해야 한다.

국도에서 6km 정도 주행하면 우포늪 생태관이 나타나며 그곳에서 세진고개 방향으로 우회전해 2km쯤 주행하면 우 포늪을 대면할 수 있다.

우포의 사계

왕수양버들나무가 담록을 시샘하고
자운영이 손짓하는 봄을
시로 표현할 수 있을는지.
완벽하게 녹음 잔치를 벌이는
여름을 두고는
수필로 표현할 수 있을는지.
겨울 초입이면 수만 마리 철새가
군무에 동참하는 장관을
소설로 표현할 수 있을는지.

학이 춤추는 겨울은 빼기로 하지.
너무너무 우아해
말과 글로는 표현할 수 없으니까.

우포늪

우포늪*은 우포(牛浦), 목포, 사지포,
쪽지벌의 크고 작은 늪을 품고
하루에도 몇 번이나 변하는 팔색조,
천의 얼굴을 가진
생명체의 비원(秘苑)인데도
보릿고개가 닥칠 때면 농사지으려고
늪을 메우러 들었고
농어촌공사조차
개발에 목을 맨 데다
생활 쓰레기 매립장이 될 뻔도 한
천덕꾸러기까지 되었으나,

---

* 창녕군 3개 면에 걸쳐 있는 내륙 최대 습지. 람사르협약에 의해 보호받
는 습지이며 유네스코 세계자연유산 후보지이다.

지속적인 환경보존운동으로

비무장지대 대왕산

용늪을 제외하곤

한국 최초로

람사르협약으로 보호받아

1억4000만년이나

품었던 늪과 별,

철새와 나무를 계속해

품을 수 있게 되었으니…

우포의 밤

밤마다 세 개의 별이
하늘에서 내려와 잔치를 벌이는 곳.
해 지자 쏟아질 듯한
하늘별의 불꽃놀이,
네 개의 늪에 내려앉는 불별이
도원경을 연출하며
9월 중순으로 나타나는
풀별마저 자태를 뽐내나니.

반딧불이 등장해 오케스트라를 지휘하고
소쩍새가 밤의 고요를
종횡으로 노래하면
1억4000년의 시간이
고이는 늪으로 탄생한다, 우포늪은.

5.

국보 속으로 들어가 엿보기

미륵보살반가사유상 83

금동미륵보살반가사유상 78과 유사한 93.5cm나 되는 금동미륵보살반가사유상 83은 고대 불교 미술의 출발점이자 6, 7세기 동양의 가장 대표적인 불교 조각의 하나인 신라의 불상이다.

반가사유상을 보면, 풍만한 얼굴에 양 눈썹과 콧마루로 내려진 선의 흐름이 시원스러우면서 날카롭다. 눈은 가늘다. 눈매는 날카로운 데다 치켜져 있다. 입은 작은 듯 약간 돌출되어 있으며 입가에는 미소가 만연하다. 가슴과 팔은 가냘픈 듯, 그렇다고 풍만하지도 않다.

반가사유상은 비교적 작은 듯 보이나 통통한 손과 발가락 하나마다 미묘한 움직임이 있어 생동감이 더욱 넘쳐난다.

오른쪽 발도 오른손과 대응해 조성했기 때문에 생동감이 넘치며 그 모습은 마치 법열을 깨달은 순간의 희열을 대변하는 듯하다.

그런데도 이 반가사유상은 무릎을 들어 팔꿈치를 받쳐주며 팔 또한 비스듬히 꺾어 살짝 구부린 손가락을 재차 뺨에 대고 있어 치밀하고도 역학적인 구성으로 생동감이 넘쳐난다. 이런 생동감은 살짝 숙인 얼굴과 상체로 이어진다. 물이 흐르듯 유려한 곡선미야말로 인류가 만든 가장 빼어난 조각이라는 찬사가 전혀 아깝지 않다.

이처럼 복잡한 신체 구조를 자연스럽게 조각하기란 쉽지 않은데 이런 점에서도 조각이 빼어난 이유 중의 하나다.

2013년 11. 4일부터 이듬해 2, 23일까지 뉴욕 메트로폴리탄 박물관에서는 '황금의 나라, 신라' 전시회가 '한국 미술 5,000년 전'에 이어 두 번째로 최대 규모의 고미술전시회를 개최했다.

개막을 앞두고 관계자를 초청했을 때, 토마스 캠벨 메트 뮤지엄 관장은 '놓쳐서는 안 될 전시회이다. 서구에서는 최초로 초점을 맞춘 신라 왕국의 시각으로 화려함을 체험할 수 있는 극히 드문 기회다.'고 하면서 찬사를 아끼지 않았다.

또한 월간 미술 전문지 '아트 뉴스'의 로빈 셈발레스트 편집 담당 중역은 '믿을 수 없을 정도로 환상적이며 황홀하다.'고 평하기도 했다.

반가사유상 83

풍만 구족한 얼굴이며 아미蛾眉
콧마루로 내려진 선의 흐름은
날카로우나 시원하며
눈은 비록 가늘지만
바깥으로 치켜져 있어
세상을 제도할 자비가 넘쳐나고
입은 작은 듯 큰 듯,
내민 듯 불거진 듯
돌출된 데다 입가에는 미소가 번져.

작은 손은 미세하게 떨리는 듯
가슴과 팔은
가냘프면서 풍만하지 않으며

발가락의 미묘한 작은 움직임마저
생동감이 넘치고 넘쳐나나니…

오른쪽 발도 오른손과 대응해
조성해 놓아 생동감이 넘치는 데다
법열을 깨달은 순간의 희열은
황홀한 자연스러움의 정점이리.

미륵보살반가사유상의 미소를 두고
모나리자도 울고 갈
미소라고 극찬한다고 해도
레오나르도 다빈치가 노하지 않을 터.

다보탑

왜 저렇게 커, 왜 크냐고
하마 기다렸으면 됐지,
석재로 남은 그리움
얼리고 달래도 어떻게 할 수 없어
쇠메로 치는 소리가.

백제 석공 아사달이
기다리던 아사녀를 뒤따라
탑 안으로 들어가는
섧은 사연의 소리,
그 소리가 왜 저렇게 커야 하냐고?

---

* 김상옥의 시조 「다보탑」에 대비해서

多寶塔

불꽃이 이리 튀고 돌조각이 저리 튀고
밤을 낮을 삼아 징소리가 요란하더니
불국사 백운교에 탑이 솟아오르다.

꽃 쟁반 팔모 난간 층층이 고운 모양
임이 손 간 데마다 돌옷은 새로 피고
머리엔 푸른 하늘을 받쳐 이고 있도다.

* 김상옥의 시조 「多寶塔」

11면 관음보살상

석굴암의 본존불 뒤쪽 깊숙한 곳에 자리 잡은
관음보살상은 11면 부조상 중에서도
조각이 가장 뛰어나며 회화성도 빼어나.
보살 머리에 10구의 부처 얼굴을 새긴 것은
중생을 남김없이 구제하겠다는
관음신앙을 구현했음이니…
정교하고도 부드러우면서
율동적인 천의와 영락이며
미소 머금은 자비심 가득한 얼굴을
신체 부위와의 완벽한 조화와 배율로
화강암에 조각했다는 것이
의심될 정도로 섬세함의 극치인 데다
영락의 끝자락을 살며시 잡은 듯한
오른 손가락의 미묘한 변화야말로
불교 조각을 정점으로 끌어올렸음이니…

---

* 김상옥의 시조 「十一面觀音」에 대비해서

十一面觀音

의젓이 蓮坐 위에 발돋움하고 서서
속눈썹 조으는 듯 동해를 굽어보고
그 무슨 연유 깊은 일 하마 말씀하실까.

몸짓만 사리어도 흔들리는 구슬소리
옷자락 겹친 속에 살결이 꾀비치고
도도록 내민 젖가슴 숨도 고이 쉬도다.

해마다 봄날 밤에 두견이 슬피 울고
허구한 긴 세월이 덧없이 흐르건만
황홀한 꿈속에 싸여 홀로 미소하시다.

---

* 김상옥의 시조 「十一面觀音」에 대비해서

단원의 풍속화

　단원檀園 김홍도金弘道의 그림 구도는 한 마디로 매우 다양하다고 할까. 그의 그림은 원형구도가 주류를 이루고 있다.
　원형 구도의 장점은 감상자의 시선을 화면 중심으로 이동시킬 수도 있으며 화면 밖으로 확장할 수도 있는 장점이 있다. 또한 생동감이 넘치는 화면을 제공해 주는 이점도 있다.
　게다가 해학성이 돋보이는 온갖 군상들까지 등장시킬 수 있다.
　「씨름」은 군중이 네 무리로 모여 앉아 있는 원형 구도의 그림인데 구도 자체가 절묘하다.
　「씨름」은 단원의 특기인 역동적力動的 배치는 물론이고 시선을 집중시킬 수 있는 원형 구도를 원용했다. 그런가 하면 모이면 답답해 보이니까 오른쪽은 터놓기까지 했으며 엿장수는 딴 방향을 보고 있어 긴장 속의 해학까지 보여준다.
　또 다른 역동적인 것으로는 상하 무게를 뒤바꿔 놓았다. 일반적으로 그림은 밑쪽이 무겁고 위가 가볍다. 그런데 「씨름」은 아래보다 위쪽에 많은 구경꾼을 배치해서 불안감을 주는 동시에 앞쪽 구경꾼들에게는 긴박감을 더해준다.
　더욱 놀라운 솜씨는 다중多衆 시점이라는 고급 기법을 「씨름」에 적용해 그린 점이다. 그것도 구경꾼들 스스로가 하늘에서 내려다보는 시선-부감법俯瞰法으로, 그와 반대로 씨름꾼은 땅에서 위를 쳐다보는 모습-고원법高遠法으로 그렸는데 비범한 역동감은 여기에서 비롯된다.

이상한 부분이 한 군데 눈에 들어온다.

그렇게 그린 것은 거장의 실수는 아닐 것이라고 확신할 수 있다. 그것은 오른쪽에 배치한 두 구경꾼 중 한 사람의 손이 좀 이상하다. 이상한 점이란 왼손과 오른손을 뒤바꿔서 그렸기 때문이다.

어째서 단원은 손을 뒤바꿔 그렸을까?

이의 해답은 자연 「무동」이라는 그림에서 찾다 보면 그 답을 찾을 수 있을 것이다.

씨름의 역동감

씨름은 들배지기를 당한 씨름꾼이
앞쪽으로 넘어지는
찰나의 순간을 포착하고
구경꾼 스스로가 탄성을 지르는
장면을 그렸음이니…

놀라운 솜씨는 다중多衆 시점이라는
고급 기법을 적용해
그렸다는 점인데
그것도 구경꾼들 스스로가
하늘에서 내려다보는 시선인
부감법俯瞰法으로 그렸음이니…

그와는 정반대로 씨름꾼은
위를 쳐다보는 모습을
고원법高遠法으로 그려
비범한 역동성을 살려냈음이니…

거장의 실수는 아닐 텐데
이상한 부분이 한 군데 있으니
오른쪽의 두 구경꾼 중
한 사람의 손이 좀 이상하다.
이상한 점은 왼손과
오른손을 바꿔 그렸기 때문이니…

겸제의 산수화

「인왕제색도仁王霽色圖」는 남송화풍으로 1751(영조 27)년, 정선 겸제가 75세에 그린 진경산수화다.

한여름 소나기가 한줄기 지나간 뒤, 삼청동, 청운동, 궁정동 등에서 비에 젖은 인왕산 바위 풍경을 바라보고 그린 것으로 일기의 변화에 따른 실경을 감각적이면서 순간적으로 포착해서 그린 실경산수의 정수精髓이다.

비에 젖은 암벽의 중량감 넘치는 표현이 화면을 압도하며 인왕산 바위를 실감 나게 그린 필치는 대담하기가 이를 데 없다. 산 위에서는 아래를 굽어보는 부감법俯瞰法으로 낮게 깔린 구름을 그렸으며 산 아래서는 위를 올려다보는 시선-고원법으로 그렸으니…

특히 그림의 중앙 부분을 압도하는 주봉은 가감하게 자르면서 대담하게도 적묵법積墨法-먼저 담묵을 칠하고 마르면 좀 더 짙은 먹으로 그리는 기법-으로 재현한 솜씨는 동양권에서는 좀체 찾아볼 수 없는 독특한 작품을 잉태했다.

인왕제색도

한여름 소나기가 한줄기 지나간 뒤,
삼청동, 청운동에서 바라보며
비에 젖은 인왕산 바위의 풍경을
일기의 변화에 따라 감각적으로
실경을 순간적으로 포착했음이니…
이는 천재가 아니면 불가능할
정도로 매우 빼어난 구도.

비에 젖은 암벽의 중량감 넘치는 표현이
화면을 압도하며
인왕산 바위를 실감 나게 그렸는데
필치는 대담하기 이를 데 없어.
주봉은 가감하게 자르고
대범하게도 적묵법★의 박진감 넘치는 수법은
좀체 볼 수 없는 실경산수화의 필법이리니…

★ 적묵법積墨法은 먼저 담묵을 칠하고 마르면 좀 더 짙은 먹으로 그리는 기법.

혜원의 미인도

「미인도」는 크기가 114.2~45.7cm이다. 미인의 키는 7등신처럼 크다. 머리는 칠흑처럼 검고 단정히 빗겨 내렸다. 살이 통통히 찐 볼인 데다 얼굴은 달걀형이다. 눈썹은 가늘고 초승달처럼 둥글다. 눈은 가늘고 작다. 목은 가늘고 길다. 손은 작고 가냘프다. 어깨는 넓지 않으면서도 감칠맛 나는 곡선이다. 유방은 작거나 아예 없다.

그런데 엉덩이만은 유독 크게 그렸다. 그럴 만한 이유가 있다. 그것은 앞으로 태어날 아기를 생각해서 그렇게 그리는 것이 당시로서는 하나의 관례였다고 한다. 그런 탓으로 오늘날의 미인과는 다를 수밖에.

물감은 진사라는 광물질에서 얻은 주색을 사용했다. 주색은 황화수은을 포함했는데 독성은 강하나 변색이 잘되지 않는 특색이 있다.

주색으로 그림을 그린 탓인지 200년이 지났는데도 여전히 「미인도」는 색이 거의 변하지 않은 채 선명하기까지 하다.

혜원의 그림

혜원의 그림은 미인도로 대변되듯이
그림을 그리는 것은
그리움을 낳고
그리움은 사랑을 낳듯이
그의 그림은 그리움과 사랑이 낳은
회화의 절정이려니.

아니, 그리움이 그림이 되고
사랑이 그림이 되어
마침내 시공을 초월했나니
현재도 살아 숨 쉬는
에로티시즘의 절정이 아닐까 싶어.

마애여래삼존불

서산시 운산면 용현리 가야산 오지에 꼭꼭 숨겨져 있는 국보 마애여래3존불상은 백제 특유의 미소를 지닌 마애불로 널리 알려졌다.

역사 뒤편에 가려진 이 천년 신비의 미소가 세상에 알려진 것은 1959년의 일이며 가야산에 묻혀 있던 이 3존불의 발견이야말로 한때 세상을 떠들썩하게 한 바로 저 백제의 미소이다.

이 3존불상은 암벽을 조금 파고 들어가 3존불상을 조각해 놓았는데 불상 앞쪽은 나무로 인공 처마를 달아 조성한 마애석굴 형식에 해당된다.

커다란 바위 아래 면에 새겨진 세 분의 불상, 곧 마애3존불상을 차갑고 단단한 바위에 이토록 풍만하고 따뜻한 미소를 머금은 부처상으로 어떻게 조각할 수 있었을까. 누가 뭐래도 걸작 중의 걸작의 조각품이 아닐 수 없는…

중앙에 소탈한 본존불을 입상으로 세우고, 왼쪽에는 반가사유상, 오른쪽에는 보살입상을 조각해 일반 불상과는 다른 특이한 불상을 조각한 것이 다름 아닌 저 '백제의 미소'로 세상에 알려진 서산의 3존불상이다.

세 불상의 온화하고 고졸한 미소는 전통적인 불상의 형식에서 탈피한 데다 파격적인 불상으로 백제만이 지닌 독특한 것이 아닐 수 없다. 게다가 3존불상의 가치는 신이 아닌 다정한 이웃집 아저씨처럼 조각했다는 데 있으며 일상적이며 친근한 불상의 얼굴을 부조했다는 데 있다.

3존불상의 진가는 이른 아침, 햇빛이 비치기 시작하면서 살짝 미소를 머금다가 오후가 되면 내리쬐는 햇볕에 입 언저리가 살짝 올라가는 듯, 그러면서 살짝 미소를 짓는 것 같은 모습이야말로 3존불상의 미를 신의 경지로 끌어올렸다.

게다가 해가 지고 달이 뜨면 달빛이 스며들면서 불상 아래 켜놓은 촛불과 함께 불상이 지닌 본연의 자비로운 얼굴, 바로 천구의 얼굴을 가진 3존불상으로 변하는 데 있음에야. 마치 살이 있는 사람을 눈앞에서 보는 것처럼 인간미가 넘치며 넉넉한 미소를 지닌 부처의 모습을 생동감 있게 조각했다는 것은 이적異蹟이 아닐 수 없다.

백제의 미소

천 년 전 백제 사람 세 분을 만나 뵈러
서산 운산 용현리를 찾으니
찡한 여운이 가슴에서 솟아 나와.
좌에는 반가사유상,
중앙에는 본존불,
우에는 보상입상을 조각한 것이
저 서산 마애여래삼존불상.

온화하고 고졸한 미소는
부처님 아닌 우리 이웃집 아저씨 같아
천년을 뛰어넘어 현재에도
빙긋이 웃는 미소로 각인되나니
저 백제의 미소야말로
살아 있는 천년의 미소 아닐까 싶으이.

6.

시 창작과정의 실제

시 「하늘 아래」의 창작과정

1998년 경상북도 안동시 낙동강 남쪽 기슭 정상동 일대의 나지막한 야산에 대단위 택지조성을 마련하기 위해서 이장을 진행하고 있었다.

1998년 4월 7일이다.

고성 이씨 15세 손인 이명정李命貞과 그의 처인 일선 문 씨와의 합장묘를 이장하기 위해 봉분부터 해체했다. 봉분을 해체하고 관을 드러내어 시신을 수습하던 중이었다.

이 무슨 이적異蹟인지 모르겠으나 무덤의 주인인 일선 문 씨가 450년 만에 미라로 모습을 드러내어 세상 사람들을 놀라게 했다.

합장묘이기 때문에 당연히 이명정의 관과 문 씨의 관은 같은 장소에 묻혔으며 그것도 불과 20센티미터도 떨어지지 않았다.

그런데도 이 씨의 관은 흔적조차 찾을 수 없었으나 유독 문 씨의 목관만은 450여 년의 세월이 흐른 오늘에 이르러서도 썩거나 훼손되지 않은 채 당시 염습殮襲한 상태 그대로였으니…

그 뒤를 이어 보름쯤 뒤인 4월 24일이다.

일선 문 씨의 묘로부터 얼마 떨어지지 않은 장소에서 무연묘를 해체하고 시신을 수습하던 중이었다. 그랬는데 우연의 일치인지는 모르겠으나 412년 만에 염습 당시 모습인 생생한 미라가 또 모습을 드러냈다.

뒤늦게 무연묘의 주인은 일선 문 씨의 손자인 이응태李應台로 밝혀졌는데 그도 그녀처럼 생생한 미라로 모습을 드러냈다.

할머니와 손자가 약속이라도 한 듯 미라로 드러나다니…

할머니와 손자가 밀레니엄을 앞두고 서로 약속이라도 한 듯이 미라로 모습을 드러낸 것은 우연치고 희한한 우연이 아닐 수 없다.

412년 동안 외롭게도 이름 없는 무연묘로 남아 있었던 것이.

그런데 관속 시신의 가슴 부위에서 출토된 한글편지로 말미암아 뒤늦게 무덤의 주인이 언제 태어나서 몇 살에 죽었는지를 알 수 있게 해 주어 사람들의 이목을 끌었고 감동까지 자아내게 했으며 매스컴을 타기까지 했던 것이다.

부장된 편지 중에서 이름을 알 수 없는, 1586년 6월 초하루에 쓴 것이 분명한 여성의 한글편지만은 훼손되거나 피지 않은 채 온전하게 남아 있어 전문을 해독할 수 있으며 사연이 진하고 애틋해 읽는 사람들에게 눈시울을 붉히게 했다.

먼저 원이 엄마의 한글편지부터 정서했다.

워니아버님끠샹빅

서두를 쓰고 한 줄쯤 띄워 날짜를 썼다.

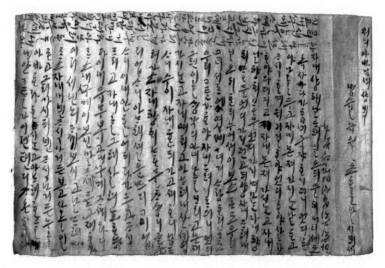

경북 안동시 정상동 무연묘에서 출토된 원이 엄마의 한글편지

병슐뉴월초호론날지븨셔

자내샹해날드려닐오듸둘히머리셰도록사다가홈씌죽쟈호
시더니엇디호야나롤두고자내몬져가시눈날호고즈식호며뉘
긔걸호야엇디호야살라호야다더디고자내몬져가시눈고자내
날향히무 ᄋ 믈엇디가지며나눈자내향히무 ᄋ 믈엇디가지던고
양자내드려내닐오듸호듸누어셔이보소눔도우리 ᄀ 티서로에
옛쎄녀겨ᄉ랑호리눔도우리 ᄀ 툰가호야자내드려니로더니엇
디그런이롤싱각디아녀나롤ᄇ리고몬져가시눈고자내여히고
아무여내살셰업ᄉ니수이자내훈듸가고져호니날드려가소자
내향히무 ᄋ 믈ᄎ셩니줄줄리업ᄉ니아무려셜운ᄯ듸 ᄀ 이업ᄉ
니이내안훈어듸다가두고즈식드리고자내룰그려살려뇨호노
이다이내유무보시고내ᄭ메즈셰와니로소내ᄭ메이보신말즈

세든고져ᄒ야이리서년뇌ᄌ셰보시고날ᄃ려니ᄅ소자내내빈
ᄌ식나거든보고사롤일ᄒ고그리가시듸빈ᄌ식나거든누롤아
바ᄒ라ᄒ시ᄂ고아ᄆ려ᄒ돌내안ᄀ톨가이런뎐디ᄌ온혼이리

여기까지 쓰자 사연은 끝나지도 않았는데 쓸 공간이 없었다.
그네는 종이를 옆으로 돌렸다.
첫머리 부분에다 지금까지 쓴 것과는 직각으로 엇갈리게
줄을 잡아 나머지를 쓰기 시작했다.

하눌아래쏘이실가자내ᄂ혼갓그리가겨실쑤거니와아ᄆ려
혼돌내안ᄀ티셜울가그지그지ᄀ이업서다서대강만뇌이유무
ᄌ셰보시고내ᅀᅮ메ᄌ셰와뵈고ᄌ셰니ᄅ소나ᄂᅀᅮ믈자내보려
믿고인뇌이다몰래뵈쇼셔

마지막으로 인사를 하려고 하는데 여백이 없었다.
해서 종이를 다시 돌려 편지를 쓰기 시작한 첫 줄 끝, 날짜
와 첫 줄을 쓴 사이에 거꾸로 마지막 인사말을 쓰고 편지를
마무리 지었다.

하그지그지업서이만뇌이다.

정서한 한글편지를 현재 표기법으로 바꾸면서 다소 윤문
도 겸했다.

원이 아버님께 상백

병술 유월 초하룻날 집에서

자네 늘 나더러 둘이 머리 세도록 살다가 함께 죽자고 늘 말씀하시더니 어찌하여 저를 두고 자네 먼저 가셨는가요. 저하고 어린 자식은 누구에게 의지하며 어떻게 살라 하고 다 버려두고 자네 먼저 가셨는가요. 자네 저를 향한 마음이 어떠했는지, 저 또한 자네 향한 마음이 어떠했는지 너무나도 잘 아시면서요, 네. 한데 눕기만 하면 늘 자네더러 '여보, 남도 우리같이 서로 어여삐 여겨 사랑했을까. 남도 우리 같을까'하고 하나 같이 속삭였는데 그런 일은 생각지 아니하시고 저만 버려두고 먼저 가셨는가요. 자네 여의고는 저는 도저히 살 수 없답니다. 지금 당장이라도 자네한테 가고자 하니 절 속히 데려가 주셔요. 자네 향한 마음이야 이생에서 어찌 잊을 수 있겠으며 기가 막히도록 서러운 마음이야 한도 없고 끝도 없답니다. 이런 제 마음 어디에 의지하라고, 어린 자식 데리고 자네 그리워하며 어떻게 살라고 먼저 가셨는지 걱정이 태산 같습니다. 편지 속히 보시고 제 꿈에 와서 자세히 말씀해 주셔요. 편지 보고 하시려는 말, 꿈에서나마 자세히 듣고자 해서 이렇게 급히 써서 관에 넣습니다. 자세히 보시고 꼭 제게 와 말씀해 주셔요. 자네는 뱃속에 든 아이를 낳게 되면 아이에게 살길이라도 말씀하시고 저 세상으로 가셨어야 했는데, 뱃속에 든 아이를 낳게 되면 누구를 아비라고 부르게 해야 합니까. 아무런들 제 마음같이 서러울 수 있을까요. 이렇게 세상천지에 아득한 일이 하늘 아래 또 있을까요. 자네는 단지 저승으로 갔을 뿐인데 제 마음 이 서럽기야 할까요. 끝도 없고 한도 없어 다 못 쓰고 대강만 적습니다. 거듭 거듭 편지 자세히 보시고 제 꿈에 와서 저한테 자세히 말씀 해 주세요. 저는 꿈에서나마 자네 볼 것을 굳게 믿고 있답니다. 몰래 보소서. 하 그지 그지없어 이만 놓습니다.

이런 과정을 거쳐서 다음과 같은 「하늘 아래」란 시를 완성할 수 있었다.

하늘 아래

하늘 아래 이렇게 아득한 일이 또 있을까요. 당신, 머리 세도록 살다 함께 죽자 하시더니, 꽃보다 아름다운 서른 나이에 저만 남겨두고 어떻게 먼저 가실 수 있답니까. 저를 향한 당신의 마음, 저 또한 당신 향한 마음이 어땠는지 너무나 잘 아시면서. 늘 한데 눕기만 하면, "여보, 남도 우리같이 어여삐 여겨 사랑했을까."하고 속삭이곤 했었는데. 아이 낳으면 누구를 아비라 부르게 해야 합니까. 지금 당장이라도 당신에게 달려가고자 하니 속히 절 데려가 주셔요. 기가 막히도록 서러운 이 마음, 한도 없고 끝도 없어 꿈에서나마 당신 말 듣고자 해서 급히 써 관에 넣습니다. 거듭거듭 보고 꿈에 와 말씀해 주셔요. 꿈이라도 좋으니 자주자주 나타나 얼굴 보여주시고요. 당신은 그렇게 하리라 저는 굳게 믿고 있답니다.

　김장동은 동국대학교 국문학과 졸업 및 동 대학원을 수료, 한양대학교 대학원에서 문학박사를 취득. 경력으로는 국립대 교수, 대학원장, 전국 국공립대학교 대학원장 협의회 회장 등을 역임했음.

　저서로『조선조역사소설연구』,『조선조소설작품논고』,『고전소설의 이론』,『국문학개론』,『문학강좌 27강』등. 월간문학 소설부분으로 문단에 등단해 소설집으로『조용한 눈물』,『우리 시대의 神話』,『기파랑』,『천년 신비의 노래』,『향가를 소설로 오페라로 뮤지컬로』등. 장편소설로는『첫사랑 동화』,『후포의 등대』,『450년만의 외출』,『이 세상에서 가장 오랜 시간에 걸쳐 쓴 편지』,『대학괴담』,『교수와 카멜레온』등.

　시집으로『내 마음에 내리는 하얀 실비』,『오늘 같은 먼 그날』,『하늘 밥상』,『간이역에서』,『하늘 꽃밭』, 합본『부끄러움의 떨림』, 합본『사랑을 심다』, 합본『작은 맛 큰 맛』, 합본『맞춘 행복』, 시선집『한 잔 달빛을』,『산행시 메들리』, 테마시선『그리움과 사랑이 시가 되어』, 불교시 모음『佛의 불자도 모르는 고얀 것』,『손편지를 쓰듯이 시를 짓다』등.

　에세이집으로『마음을 움직이는 배려』,『이야기가 있는 국보 속으로』, 문집으로는『시적 교감과 사랑의 미학』,『생의 이삭, 생의 앙금』이 있으며『김장동문학선집』9권,『팔순기념문선』12권이 있음.

시 창작노트

삶의 고비마다 악센트 한둘쯤

| 초판 1쇄 인쇄일 | 2024년 7월 22일 |
| 초판 1쇄 발행일 | 2024년 7월 31일 |

지은이	김장동
펴낸이	한선희
편집/디자인	정구형 이보은
마케팅	정찬용 김형철
영업관리	한선희 정진이
책임편집	이보은
인쇄처	으뜸사
펴낸곳	국학자료원 새미(주)

등록일 2005 03 15 제25100-2005-000008호
경기도 고양시 권율대로 656 클래시아 더 퍼스트 1519, 1520호
Tel 02)442-4623 Fax 02)6499-3082
www.kookhak.co.kr
kookhak2010@hanmail.net

| ISBN | 979-11-6797-168-5 (03800) |
| 가격 | 12,000원 |